¡Bravo, Chico Canta! ¡Bravo!

Pat Mora y Libby Martinez

Ilustraciones de

Amelia Lau Carling

Groundwood Books House of Anansi Press
Toronto Berkeley

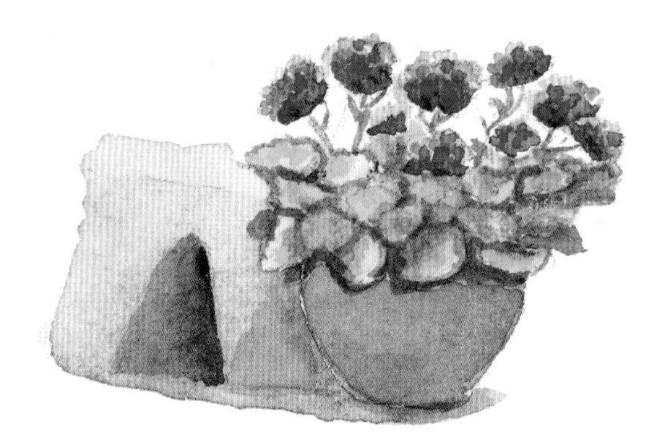

Traducción de Elena Iribarren

Publicado en Canadá y los Estados Unidos en 2014 por Groundwood Books

Groundwood Books / House of Anansi Press
110 Spadina Avenue, Suite 801, Toronto, Ontario M5V 2K4
o c/o Publishers Group West
1700 Fourth Street, Berkeley, CA 94710

Agradecemos el apoyo financiero otorgado a nuestro programa de publicaciones por el gobierno de Canadá por medio del Canada Book Fund (CBF).

Library and Archives Canada Cataloguing in Publication
Mora, Pat
[Bravo, Chico Canta! Bravo!. Spanish]
¡Bravo, Chico Canta! ¡Bravo! / Pat Mora y Libby Martinez ; ilustraciones de Amelia Lau Carling ; traducción Elena Iribarren.
Translation of: Bravo, Chico Canta! Bravo!.
Issued in print and electronic formats.
ISBN 978-1-55498-344-5 (pbk.).—ISBN 978-1-55498-700-9 (bound).—
ISBN 978-1-55498-346-9 (html).
1. Mice—Juvenile fiction. I. Martinez, Libby, author II. Carling, Amelia Lau, illustrator III. Iribarren, Elena, translator IV. Title. V. Title: Bravo, Chico Canta! Bravo!. Spanish.
PZ73.M668Br 2014 j813'.54 C2013-905717-X
C2013-905718-8

Las ilustraciones fueron realizadas en acuarela y técnica mixta.
Diseño de Michael Solomon
Impreso y encuadernado en Malasia

FSC
www.fsc.org
MIXTO
Papel procedente de fuentes responsables
FSC® C012700

Para mi amiga Patsy Aldana, respetada editora
y defensora internacional de la lectura. —PM

Para Bill y Cissy, quienes aman todas las criaturas
grandes y pequeñas, y sobre todo las pequeñas.
—LM

Para Isabella Kai-lie y Nathan Koon-cho. —ALC

Chico Canta y su familia de ratoncitos vivían en un viejo teatro. En su linda casita, escuchaban las orquestas tocar, los actores y las actrices cantar, y el público aplaudir. A veces, el público aplaudía por un largo rato mientras gritaba "¡Bravo! ¡Bravo!" en italiano, lo cual quería decir que le había gustado el espectáculo.

—¡Pronto! ¡Pronto! *Hurry! Hurry!* –cantó la señora Canta–. Esta noche, vamos a ver la obra de teatro de *Los tres cerditos*.

Dando unas palmadas cantó:

—Formemos una fila. *A line, please.*

A la señora Canta, que era redonda como un trompo, le gustaba cantar y hablar en varios idiomas: en español, inglés e italiano. También podía hablar con los animales, en grillo, araña y polilla.

A la señora Canta le encantaba ver a sus doce hijos en fila, desde el más alto hasta el más pequeño.

—Uno, dos, tres, cuatro, cinco, seis, siete, ocho, nueve, diez, once... –contó la señora Canta–. ¿Dónde está Chico?

—¿Otra vez? ¡Ay, no! –suspiraron los once hermanos y hermanas de Chico.

El pequeño Chico Canta *nunca* estaba donde tenía que estar, al final de la fila. A veces, estaba dormido en su camita. Otras veces, se había metido dentro del jarro de las galletas. O estaba colgando de la pantalla de la lámpara.

—Chiiiiiiicoooooo –cantó la señora Canta mientras todos daban vueltas por la casa, abriendo los armarios y mirando detrás de las cortinas.

Chico estaba sobre el estante de los sombreros.

—¡Chico Canta! –dijo la señora Canta.

Chico bajó y corrió hasta el final de la fila. Todos sus hermanos y hermanas fruncieron el ceño, y uno de ellos le jaló la cola.

Vestida con su más lindo vestido, la señora Canta se asomó de su casita para asegurarse de que el Gato-Gatito no estuviera cerca. El Gato-Gatito, que vivía en el teatro, parecía un tigrito anaranjado. Rápidamente, la familia Canta subió corriendo por las escaleras.

Con sus amigos los grillos, las arañas y las polillas, los Canta miraron la cortina subir, las luces brillar y los músicos tocar. Se rieron cuando los tres cerditos construyeron sus casas de paja, de palos y de ladrillos. Chico imitó al lobo feroz y, con un resoplido, intentó tumbar a sus hermanos y hermanas.

—¡Chico Canta! –susurró la señora Canta. Le pisó suavemente la cola para que dejara de corretear. Chico sonrió, y enseguida intentó tumbarla con otro resoplido.

Cuando terminó el espectáculo, el público aplaudió un largo rato. La familia Canta aplaudió también.

—¡Bravo! ¡Bravo! –gritaron todos.

Con tantos aplausos, los Canta no oyeron al Gato-Gatito acercarse.

—¡Miau! ¡Miau! –maulló el Gato-Gatito.

—¡Cui! ¡Cui! –chillaron los Canta.

—¡Pronto! ¡Pronto! *Hurry! Hurry!* –dijo la señora Canta.

Los Canta corrieron tan rápido como pudieron. El Gato-Gatito estaba justo detrás. Chico hizo como el lobo feroz y estuvo a punto de tumbar al Gato-Gatito con un resoplido; pero al último momento, la señora Canta lo agarró y se lo llevó a su casita segura.

Esa noche, mientras arroparon a cada ratoncito en su camita, el señor y la señora Canta cantaron suavemente: —Dulces sueños, *sweet dreams*.

Chico bostezó y cantó: —Dulces sueños, *sweet dreams*.

—Bilingüe –dijo la señora Canta–. ¡Bravo!

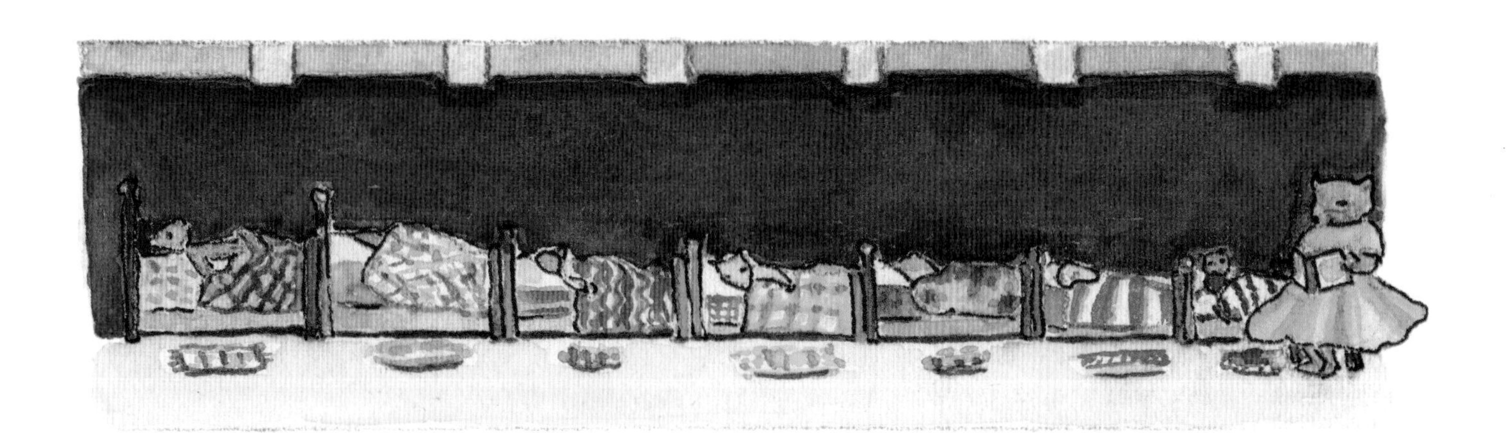

La mañana siguiente, los Canta comenzaron a ensayar. Les gustaba montar sus propios espectáculos para la familia y los amigos que vivían en el teatro. El señor Canta, hábil sastre y carpintero, silbó mientras cosió los disfraces y construyó la escena para la nueva obra de *Los tres cerditos*. El señor Canta cosió un traje de lobo, tres trajes de cerdo, tres trajes de flor y cuatro trajes de árbol. También cosió un trajecito de sol muy pequeñito.

—Guau-guau –gruñó Chico–. Yo seré el lobo feroz. ¿Verdad, Mamá?

—Los lobos no hacen "Guau-guau" –dijo uno de los hermanos de Chico riéndose–. Son los perros los que hacen "Guau-guau".

Sus otros hermanos y hermanas se rieron también.

—Qué inteligente eres, Chico –dijo la señora Canta–. Sabes hablar inglés, italiano y también sabes hablar perro. El Gato-Gatito te tendría mucho miedo si te oyera gruñir "Guau-guau".

Los hermanos y las hermanas de Chico se rieron de nuevo.

—Tenemos un papel especial para ti –dijo el señor Canta.

—¡Me encantan los papeles especiales! –dijo Chico.

—Lo sabemos –dijo la señora Canta.

El señor Canta le enseñó a Chico el poste que había hecho para que Chico fuera el ratoncito más alto en la escena. Chico se puso su trajecito de sol y se encaramó hasta arriba. Los hermanos y las hermanas de Chico lo miraron y sonrieron. ¡Chico brilló de alegría!

Todos los días, los Canta ensayaron *Los tres cerditos*. La señora Canta dirigía los animales amigos. Les susurraba "Crii-crii" a los grillos que tocaban la música. Les susurraba "Psst-psst" a las arañas que subían la cortina y movían las luces. Les susurraba "Huu-huu" a las polillas que se entrenaban para acompañar al público a sus asientos.

A Chico le gustaba ayudar a la señora Canta a dirigir. Él también susurraba "Crii-crii, psst-psst, huu-huu".

—Bilingüe –decía el señor Canta–. ¡Bravo!

Al fin, llegó la gran noche de la familia Canta. Invitaron a todos los parientes que vivían en el teatro a su obra: abuelas y abuelos, tías y tíos, primos hermanos y primos segundos, primos terceros y cuartos. Pero no invitaron al pequeño Gato-Gatito.

La señora Canta les susurró "Zzz-zzz" a las luciérnagas para que encendieran el anuncio luminoso. Les susurró "Huu-huu" a las polillas para que acompañaran a todo el mundo a sus asientos. Les susurró "Crii-crii" a los grillos para que empezaran a tocar la música. Les susurró "Psst-psst" a las arañas para que se prepararan a subir la cortina de la pequeña escena.

—Formemos una fila. *A line, please* –cantó la señora Canta.

—Aquí tengo un lobo feroz, tres cerditos, tres flores, cuatro árboles y… –dijo la señora Canta–. ¿Dónde está mi sol? ¿Dónde está Chico?

—¿Otra vez? ¡Ay no! –suspiraron sus hermanos y hermanas.

El señor Canta encontró a Chico delante del espejo. Se miraba y sonreía.

Cuando al fin se abrió la cortina, Chico Canta saludó a todo el mundo desde su percha. Hizo una reverencia y anunció:

—*Good evening!* ¡Buenas noches!

Alzó las manos y se dirigió al público que respondió:

—*Good evening!* ¡Buenas noches!

—Bilingüe –dijo Chico Canta–. ¡Bravo!

La obra comenzó, y el público se rio y se rio mientras los tres cerditos construyeron sus casas de paja, de palos y de ladrillos.

Encaramado en su percha, Chico miró a su alrededor. Miró hacia arriba y hacia abajo. Miró hacia la derecha y hacia la izquierda.

De repente, Chico vio algo moverse allá en la sombra, del otro lado del murito. Mientras todos se reían del lobo feroz, Chico vio algo acercarse más y más.

—¡Cui! ¡Cui! ¡El Gato-Gatito! –chilló Chico apuntando hacia la sombra–. ¡Guau-guau! –gruñó Chico a toda voz.

Rápidamente se dirigió hacia el público, que a su vez gruñó:

—¡Guau-guau! ¡Guau-guau! ¡Guau-guau!

El Gato-Gatito saltó y salió corriendo tan rápido como pudo.

El público aplaudió y aplaudió. Chico hizo una reverencia tras otra.

—Bilingüe –celebraron todos–. ¡Bravo, Chico Canta! ¡Bravo!

Nota de la autora

La vida siempre nos ofrece nuevos retos y placeres. Uno de mis nuevos placeres es escribir libros para niños con mi hija Libby Martinez. Libby es abogada y una excelente escritora. A las dos nos gustan mucho la lectura y los libros, y ahora estamos descubriendo que nos divierte mucho escribir juntas.

La inspiración para este cuento me vino por un chiste bilingüe que leí hace años en un libro de cuentos mexicoamericanos. La idea parecía ser una que los niños disfrutarían y le estoy muy agradecida a Patsy Aldana, anteriormente editora de Groundwood Books, por su interés en este cuento y por haberme juntado de nuevo —o mejor dicho, por habernos ahora juntado— con el maravilloso talento de Amelia Lau Carling.

Hace años, en una biblioteca de Cincinnati, le explicaba a un grupo de alumnos el significado de la palabra *bilingüe*. Les pregunté: "¿Y qué sería yo si hablara tres idiomas?" a lo cual un alumno muy listo respondió: "¡Muy bilingüe!". La palabra *multilingüe* parecía demasiado pesada para este cuento, así que Libby y yo decidimos que la exclamación "¡Bilingüe! ¡Bravo!" nos ayudaría a desarrollar la trama. Sabemos que padres, maestros y bibliotecarios astutos introducirán la palabra polisílaba *multilingüe* cuando resulte apropiada.

¡Bravo, Libby, por haberte unido a los libros para niños como autora! Qué suerte tengo.

Pat Mora